매듭법

채길우 시집

문학동네시인선 137 채길우

매듭법

시인의 말

진실이 아직 들통나지 않은 거짓말 혹은
영원히 간파되지 않을 정교한 눈속임의 일종이라면

진짜라는 게 극치의 정성과 최대한의 노력을 기울인
가짜를 뜻하는 특정 형식에 관한 근사치일 따름이라면

진심이 다 진짜이거나 진실만은 아니라는 것은
얼마나 커다란 위안인가

이 의미 없는 허세와 과장법이 때때로
깊숙이 마음에 와닿기도 한다는 것

그리고 그 마음이 몸안에는 없다는 것은
얼마나 아름답고 홀가분한가

투명하며 텅 빈 매미 유충의 허물처럼
시리도록 환한 껍질뿐인 얼굴만큼

누군가 함부로 진창길에 버려진
타인의 심장을 주울지도 모르게

마침내 들키고 말 거라는 사실이
아무도 혼자가 아니라는 자유를

이게 다 진심은 못 되겠지만
이 전부가 온전히 사랑만으로는 모자라더라도

세상이란 현실과는 상관없이 허구와는 다르게
한없이 얼마나 이따금 기껍고도 사랑스러운가.

2020년 5월
채길우

차례

1부

선사

종점에서 지하철을 타고
출발하기를 기다린다
서서히 열차가 움직여

역을 빠져나간다고 생각한 이후
눈을 감았다 뜨면
옆 선로가 비었다

멈춘 어둠 위로 떠오르는 벽화
아직 여기 남아 있는 창에
어린 후손들의 반영

횃불을 든 동굴 속에서
출발하기를 기다린다
인간들을 기다린다

사무실

내 맞은편에 있는 사람은
서로가 사이에 두고 공유하는 칸막이 선반 위에
작은 선인장 화분 하나를 키운다.
좀처럼 말이 없고 자리에 앉는 시간이 어긋나
얼굴 마주할 일 별로 없지만 점심 이후
월요일마다 한 번씩 화분으로 와서 물을 주는 것이
그의 오랜 습관

속삭이듯 숨쉬는 분무기 소리가 들리면
볕이 잘 들지 않는 이곳으로도
눈부신 햇빛 같은 물안개가 넘어와
내 이마와 눈썹에 닿고
부드럽게 밀려오는 식은 모래의 날들이 번져
시려지는 시야에도 희미한 눈매를 가늘게 뜬 채
나는 손차양을 만들어 그림자로 서 있는
일식의 한때를 올려다본다.

습기를 머금은 바람이 향기를 흩뿌리는 동안
눈 마주쳐 태양에 탄 듯 얼굴 붉힌 그가
잔 물방울 얇게 스민 목소리로 미안하다 말하는 것이
하늘 등진 이번 주 우리의 첫인사이자 마지막 대화다.
수줍게 입 막은 모습처럼 웃음이 새지 않도록
선인장 뒤를 한 손으로 가린 그의 표정 밖으로

돋아난 촘촘하고 새파란 가시들이 반짝일 때
거기에 땀방울로 맺힌
타향의 정서와 업무의 노곤한 곡선, 그리고
형광 무늬 신기루와
무지개

이제 뒤돌아선 그의 모습은
사구처럼 부풀었다 삭은 커튼으로 흩어지는데
다음주에도 그다음 주에도
변함없는 모래의 풍경을 걸어갈 멀고 외딴 실루엣에
잇닿은 일상들이 지워질까,
내가 고개 돌려 출생을 물어보지 못한 사이
서늘하고 투명한 물먼지와 빛가루가 기화되는 공중으로
오후의 부족한 햇살이 밀려왔다 떠나가고
선인장은 소주잔보다 조금 더 큰 화분에 담겨
살아가게 된다.

책상 앞
그늘에 펼쳐진 좁은 사막에서
낙타처럼 굽은 어깨를 웅크려
가질 수 없이 너무 많은 모래알을 헤아리다 문득
나도 목이 마르면 물을 마시고
그리운 게 있으면 창밖을 보며

이곳을 두려워한다.

생각

바람이 나를 춤추게 했다.
나는 나무였다.
바람을 그치지 않기 위해 웃었다.
춤을 추는 내가 좋았다.

어느 날 머리 위로 별과 꽃과 새 들이 찾아왔다.
나는 잠들지 않고 꿈을 꾸었다.
푸른 핏줄에 맺힌 잎사귀들이 시드는 꿈이었다.
성긴 근육들이 버림받은 깃발이 되는 꿈이었다.

새벽이 되어 별은 보이지 않았다.
새들은 날아왔다가 울지 않고 떠났다.
땀에 젖은 이마를 훔치면 흘러내린 꽃잎이 식어 있었다.
나는 몸을 거두었다.

바람은 불어오지 않았다.
지나간 밤과 또다른 불빛들은 여전히 떨리고 있었다.
나는 발아래를 내려다보았다.
그리고 뿌리를 들고 한 걸음 걸어보았다.

이제 바람은 나를 웃게 하지 않는다.
나는 바람에 흔들리지 않는다.
이따금 나는 멈추어진 나를 좋아하지 않는다.

나는 꿈꾸지 않는다.

아직 아무도 깨지 않은 아침이 온다.

골목에 이어진 잎맥과 물관으로 내가 부르지 않았던 노랫소리가 들릴 만큼 맑고 적막한 거리를 펼친다.

그림자는 나 없이 잠들어 있다.

나는 일어나 조금 더 멀리 가보기로 한다.

매미 체리

하염없이 메마르고 작은 것들을 그와 내가 주웠다
그는 매미 유충의 허물을 가지고 나는 체리 씨앗을 가진다
그는 매미 허물을 처음 보고 나는 체리 씨를 처음 본다
마음밖엔 담을 것이 없어 너무도 가볍고 이상한
싸구려 선물을 나눌 수 있어 기쁘다

손가락에 조금만 힘을 주어 쥐더라도 바스러져버릴 허물을
그가 소중하고 느리게 간직하는 동안
나는 새끼손톱보다 작은 씨를 입에 넣고
평생을 사는 걸 상상해본다

밥을 먹을 때에도 말을 할 때에도
나는 씨앗을 입안에서 굴린다
잘 자라라고 비 오는 날엔 허공에 입을 벌리고
때로는 흙도 씹는다
언젠가 혓바닥 위에서
움튼 싹이 넓어지고 파란 줄기가 단단해져
나무가 될 것이다

꽃피고 숨쉬는 나무의 뿌리가
목구멍으로 내려와 혈관을 타고 피와 함께 흐르면
나는 껍데기가 되어 알몸을 감싼 채
조용히 양팔을 올려 하늘을 가려본다

곧 그의 각질에서 새 매미가 우화해
갓 마른 무늬를 펼쳐 나의 나무로 올 것이다
대롱 꽂아 수액을 빨고 노래를 부르다
어느 날 내 입속으로 사랑을 들여와
알을 슬고 죽는다

나는 몸의 끝과 뿌리의 바깥에서
여린 매미의 유충들을 기르게 된다
어리고 눈이 맑은 그 곤충이
나의 발가락과 잇새를 간질이며 거닐 때
그는 움직임이 없고 고요하여
영원하다

이제 내 눈동자로 붉고 달콤한 과즙이 흐르는 빛이 열리고
가지에서 설익은 손톱들이 떨어져내리는 바람에도
그는 더이상 걸려오지 않는 전화를 기다리듯
떨리는 소나기와 날개, 그렇게 지나가는 여름을 지닌다

그가 입술 없이 우는 빈 배를 접고
내가 다물지 못하는 침묵을 높여
주린 고백들이 식어가는 계절에도
잘 살피지 않는다면 알아채지 못할

발아래와 피부 밑으로
무의미하고 아직 태어나지 않아
처음 보게 되는
그림자 이외의 이름을 가진 것들이
많아
기쁘다

변성기

죽은 새를 손에 쥔 채 울고 있는 아이는
손바닥을 버리지도 날리지도 못하고
날개와도 바람과도 상관없는 부피마다
깃털과 구름이 부풀어오르는 동안
벌어진 부리 새로 흘러나와 굳은 혀와
새까맣게 목이 쉬어 비좁은 하늘을
처음 돋은 담벼락 아래 드리우고 있었다

요양원

몸을 펴고 자로 재었다
입에서 항문까지의 직선거리는 0.74미터

뱃속에 구불구불하고 막힘없는 창자들은
입에서 항문까지 8.5미터라고 한다
음식이 소화되는 시간은 24시간을 기준으로 일정하지 않고
그 높이에서 자유낙하를 한다면 1.3초가 걸린다

뒤틀고 숙여도
입을 항문에 맞추기는 어렵다
효율이란 최단거리로 따지는 게 아니다

그녀에게는 쉽게 닿는다
누운 그녀의 몸을 닦으면
안쪽과 구석을 전부 덮지 못한 감각이 피부에 묻어
근처의 것들은 주름으로 뭉쳐 있고
멀리 돌아본 이후에야
비밀로 남는 지름길

그때 나는 쉰다
생각들이 느리게 휘감겨 불현듯
그녀가 일어나 걸어간
영 돌아오지 않는 산책로를 상상해본다

눈앞에 있는 그녀에게 손을 뻗어
우리 사이의 길고 투명한 길들을 방해하고 싶지 않았다
그녀를 바라보는 구부러진 감정만으로
평생에 걸친 느린 추락을 예감할 수 있었다

천국은 타인의 입에 음식을 대주고
항문을 대신 받아주는 곳이라 했다
나이를 잊어가는 사람들이 말과 직립보행을 버려
몸을 굽히면 자신보다 남에게 더 잘 닿을 수 있는 그곳

그녀가 가까운 거리에 있었다
나와 천국 사이에서 그녀는
금방이었다

눈먼 천국

불 켠 채 잠이 들었다 깬 새벽
전등이 아직 밝다
하얀 전등갓 안에는 납작한 날벌레들의 실루엣
어느 틈새로 비집어 길 수 있었는가
숨 막고 모인 빠져나올 수 없는 흔적들로
온몸을 불 결에 남겨놓았다
좁은 문을 선점한 부동자세의 희열 속에서
더운 중독과 메마른 피로로 굳은 뭉툭한 화석들이
이미 접힌 날개에 잿가루를 묻혀 스스로를 낮추고
흔들림 없이 유리에 덮인
재단된 허구를 음각으로 매달아
빛의 환한 신전 아래 고일 때

축제가 되기엔 너무 먼 천장 너머
무덤이 될 저곳에서부터
가까운 불빛까지 식은 별자리들의
떨어진 화농 자국 밑으로
후광 받은 시체가 천사처럼 가볍고
아름다운 사후 세계는 여기에서 근처다
불멸에 대해 생각하자 눈이 부셔 멀 듯하고
꿈꾸지 않아도 닿을 듯 말 듯한
거리와 허공을 긍정할 수 있지만
불 끄고 누우면

공중에서 죽어 있는 이들의 그림자가
나를 어둠으로 덮는다

불면

팔꿈치 살은 꼬집어도 아프지 않다
굳은살은 죽은 살이어서 그렇지
그래도 아주 죽은 건 아니고 땀구멍이 있어서
혀를 대보면 조금 짜겠지만
거기는 혀가 잘 닿지 않는 곳

살아 있다는 것이 고통으로 측정되지 않을 때
내 꿈도 그와 같다
거의 불능하고 대체로 묽고 증상이 없는
짠맛이 나지만 한 번도 가라앉아보지 못한 심해 속에서
턱 괴고 어두운 얼굴을 받친
변색된 내 점멸의 각질들

말없이 깨어 있는 흑백의 장면으로
끝없이 벌어지는 구멍을 향해 목을 밀어넣으면
느끼지 못하는 아픔이 물컹하게 젖어오는
낡은 주름들의 물성

이것을 삶이라 믿어 비틀어보는
웅크린 몸 한구석으로부터
혀끝에 닿지 않고 통과하는 비명이
산 채로 골을 먹혀 머리가 비어가는
원숭이의 무른 뒤척임으로 멈추는 동안

입 막힌 칠흑 속
눈뜬 내가 보게 되는 것
손발 묶인 내 머리 둘레를 열고
미치지 않는 곳에서
가만히 나를 내려다보고 있는 것

* 팔꿈치 살에는 통점이 적게 분포하여 통증이 미약하고, 뇌는 통점이 없어서 고통을 느끼지 않는다.

침묵

찻집, 볕이 드는 창 너머로
야외 탁자에 앉아 수화를 나누는 사람들을 보며
나는 저 언어의 자명함을 이해할 수 없다.

햇살은 곧 시간을 돌아 내 얼굴가에 닿지만
눈매를 찌푸려 안 보이는 것들을 자세히 뭉쳐주는
눈부심이 환한 빛 때문만은 아니고

한 모금의 커피를 머금어
새까만 궁금증이 따뜻하고 동그랗게 입안에 머물 때
뱉지 못한 질문들이 쓴맛의 거친 어둠뿐은 아닌 곳에서

나는 저들의 대화가 마음에 든다.
뜻을 몰라도 아름다운 무반주의 안무처럼
소리나지 않아도 음악인지 알 수 있는 공감각의 색깔처럼

내가 오래 바라보아도 그들은 눈치채지 못하고
햇빛이 대신 고개를 기울여 이곳을 향해
동작과 음색을 건네주기 시작한다.

손 뻗어 유리를 만지면 차갑구나, 단단하구나
그러나 깨끗한 표면에 비친 미세하고 물결 많은
속삭임의 투광도를 나는 의심하지 않는다.

밝고 맑고 정확히 보이는 오해의 투명함
입김 불어 써둔 글자처럼 지워진 손짓으로
떨리는 온기가 지나가는 오후다.

나는 귀를 기울인다면
아직 소리가 아닌 움직임의
소란스러운 묵음들이 잘 읽히는 위치에 남아

더 가까이 다가갈 수 없어도, 이게 다 진짜는 아니더라도
들썩이는 입술에 손가락을 세우고 그림자를 모아서
새로운 인사 하나를 만들어보았다.

이제 햇살은 그늘의 끝으로 밀려나 창밖에만 머물고
모두가 일어나 떠난 빈자리가 커지는 동안
여기는 당연한, 말 아닌 것들로 가득해진다.

이면

버려진 이면지를 볼 때마다 생각했다
없는 것보다 있는 것이 낫다는 건
어떤 과거를 의미하는가

일본과 중국에서는 깻잎을 먹지 않는다는데
오늘 새로 무친 깻잎은 정말 맛이 있어
밥 두 그릇을 비우며
이 설명할 수 없는 맛이 필요하지 않은
일본인과 중국인에게 모국어로 말을 걸듯
아직 아무것도 적지 않은 종이의 흰 쪽을 앞에 놓았다

피가 스민 휴지에는 아래위가 없고
앞뒤 무늬가 어긋난 깻잎은 깻잎 맛을 낸다
손톱을 깎아도 살아 있는 것은 많고
불을 붙이자 담배는 다른 두께가 되어

말도 침묵도 아낀 거리를
조금씩 걸어 비가 내릴 때까지
젖지 않는 어둠이란
다음 장으로 안 넘어가거나 등을 보이지 않는
전후 없이 짜고 까만 양념 같은 물질
그것은 그늘이 절실할 때만 필요한 걸까

반대편엔 칼자국이 없는 도마와
뒤를 내어주고 새긴 문신과
좌우가 엇갈린 눈부신 거울과는 다르게
햇살에 이면지를 비추면
겉과 속이 다 보여서

먼저 끝난 후생은 이곳에서 뒤집고
회전문을 돌아 나온 자리에

그림자를 초대하기로 했다

지하철의 앉은뱅이

물가 듬성한 수풀 틈에서 날개 다친 새를 만났다
다리를 절룩이고 바닥을 기어가며 자주 이쪽을 돌아보았다
가만히 따라가지 않자 새가 나를 향해 웃었다
둥지와 새끼가 근처인가
마주친 시선을 황급히 내리깔고
어두운 땅굴 속을 파고들 때
불빛 비친 유리로 흩어진 깃털과 물결이 떠올라
휩쓸리는 수면 위에 갇힌 나를 밝혀놓는데
졸린 듯 감았던 눈을 다시 뜬다면
이미 날아가고 없는 빈 체온만 젖어 남아 있을지
흔들리는 물소리가 철컹철컹 흘러가는 동안에도
속은 것인지 모른 척해야 하는지 결정하지 못했다

공기

뢴트겐 사진 속
허파에서 반짝이는 저 하얀 것들이
암이라고 한다
손등 위에 올린 돌멩이처럼
마른 벽에 흩어진 낙서와 구멍 들을
하나씩 뱉어낼 때
손이 공중에서 쥐었다 놓았다 하는
저것을 공기라 한다
박수를 치면 기침으로 되돌아오는 순간
떨리는 입김과 응어리를 잡았다 던지는 놀이를
호흡이라 한다

숨만 쉬어도 한줌의 돌이
폐 안에 쌓여간다
떠 있는 긴 한숨을 낚아채
떨구지 않아야 살고
움킨 손은 비어 있어야 한다

향방작계*

예비군은 언제나 좋다
점심 대신 맥주 한잔 마시고
동사무소 구석에서 대충도 할 일 없이 졸다가
명령에 따라 동네 한 바퀴 돈다
지구를 지키는 대낮의 달처럼
예비군은 창백한 푸른 띠를 이루어
이웃이라 해도 한 번도 가본 적 없는 곳으로
천변을 비끼고 지하 차도를 넘는다
황사를 닮아 미지근하고 반투명하게
초대받지 않아도 골목을 잘 침투해가며
잉여 전력은 난방용 온수로 순환하고
예비군은 동네를 약진한다
이토록 필요 없는 데서 만났다는 눈빛의
아이들이 세발자전거를 멈춰 세울 때
술독 같은 군화가 자꾸만 벗겨지고
탄창 빈 장총은 삽도 아니다
무언가 없는 것이 있는데
그것이 무엇인지 모르는 표정으로
예비군은 무명 용사의 이름을 가진다
비좁게 지나가는 트럭을 비켜서서
아무것도 자라나지 않는 화단가로 산개 잠입하는 동안
애도 없는 묵념의 주변을 부유하는 배기가스를 마시며
잡초와 진흙빛에 국방색 꽃으로도 심긴다

담배 연기 불어 저절로 해체되는 행군 대열로
늘어지는 콧물 같은 지리멸렬
인체에 무해하나 먹지는 말라는
실리카겔식 햇살이 닿아
조금 더 건조해지는 예비군의 사이
여자들의 치마는 군복 밖에선 눈이 부시고
누군가 길가로 쏟아버린 한 동이의 물이
경사를 따라 스멀스멀 발밑으로 기어드는 것을 보면서

경례도 구령도 없이
이제 배가 고프다

* 향토방위작전계획, 6시간의 훈련을 인정받는다.

민들레

스무 살의 계약직 신입 사원들은
사무실 콘센트마다 경쟁적으로
포스트잇을 붙여놓았다.
거기에는

오늘도 화이팅
내일은 단결
힘 내세요
그치만 괜찮습니다

같은 문장들이 쓰여져 있다.
또박또박 예쁜 글씨로
누군가는 색펜으로
꽃과 하트를 그려넣었다.

한숨만 쉬어도 날려갈 듯
솜털에 매달린 눈동자로
그들은 환하게 웃는다.
그들은 정말로 믿는다.

흩어지지 않는 조건들을
발로 차주어야 할까?
목이 가는 전망을 꺾어

바람에 흔들어 보내야 할까

이제 이 모든 콘센트의
플러그를 뽑기 위해선
먼저 포스트잇을
떼어야 한다.

포스트잇은 노란색이고
여러 번 뜯어도
아무 자국 없이
어디든 다시 붙는다.

새벽

거울 앞에 서서 무뎌진 칼날 대신
아버지의 낡은 전동 면도기를 빌려 쓰다가
지난 시절 아침 세면을 하기 전
뾰족해진 수염이 새로 난 턱으로
얼굴을 비비며 내 어린 잠을 깨우던
아버지를 기억한다.
따갑고 단단했던 시간의
때때로 일어나고 싶지 않았던 날에는
벌겋게 볼이 쓸려 울음을 터뜨리기도 했다.

익숙하지만 다른 비누 향이 나는 아버지의 면도기로
목에서 턱을 따라 귀밑까지 거슬러오르다
문득 어둠이 걷히고
푸르고 말갛게 드러난 뿌리에 맺힌
안개와 이슬을 털어내자
오래전 잃었다 생각했던
까끌하고 반짝이는 작은 별들을 주울 수 있었다.

밤새 돋았던 모래알 같은 꿈들이 잘리고
웅웅대며 진동하는 우주선을 끄면
거울은 아무도 태어나지 않은 진공처럼 고요하며
그 안에는 반사된 빛과 시대를 거스른 옛날의 아버지가
나를 닮아 멈추어 있다.

나는 사나이로 성장해
더이상 눈물을 흘리지 않지만
누구보다 먼저 일어난 하루엔
묽은 뺨만큼 움푹한 햇살이 드는 방으로
아버지를 깨우기 위해 다가가다
체온이 닿으면 숨을 그치고
하얗게 빛바랜 아버지의 하늘에서
여전히 자라나는 먼 별들을
헤아려볼 때도 있다.

빛 속에서

눈을 감아도
정말 하고 싶은 어둠이
그림자가 되지 않는다고 느껴질 때가 있습니다.
그림자라는 게, 정말
하고 싶은 어둠을 하기 위해 쓰는 것인데
그것이 불가능하다면
내가 어둠이 늦도록 노력하지 못한 것입니까,
아니면 내가 그림자에 대해 깊게 오해한 것입니까?
어째서 정말 하고 싶었던 어둠은 보이지 않을까요?
정말 하고 싶었던 어둠은 사실, 없는 것일까요?
그럼에도 그림자로 덮어쓴다는 것이
허상에 대한 진지한 변명이나 환한 거짓이 아니라면
내가 하고 싶었던 어둠은 이게 아니었다고 생각하면서도
그림자를 벗어나지 못할 때의 눈부심은
겁쟁이란 뜻입니까?
언제 눈을 떠야 할지 확신하지 못한 채
용서라는 것도 시간이 흘러가는 방향으로
고개를 돌리는 도피의 일종이어서
기다림은 겨우 두려움의 용기로 남아 있습니까.

이제 촛불을 끄고
어둠과 그림자가 하나일 때에도
잠들지 않고 깨어 있는

이 폭탄과 테러가 누구입니까?
더이상 타들어가지 않는 심지를 그슬린
검은 숯 거웃들은 어디에 닿았습니까?

한줄기 그림자의 연기 옆에서
이만 어둠을 줄여야 하는데

구걸
—손에 무기가 없음을 증명하기 위해 악수를 나누었다

1

하루종일 먹지 못한 채로도
배고프지 않다는 아이에게는
줄 것이 아무것도 없어서
사랑을 준다,
고 쓴 손목을 잘라
피 한 잔을 짜도
아이의 배를 채울 수 없다

2

우리는 우리를 움켜쥐고, 흔들며
더 필요한 것은 가지지 않는다
손을 맞잡아 서로의 빈손이 가득하다면
우리에게 없는 것을 증명하지 말고
내가 너의 가장 좋은 무기이기를
이것으로 누군가를 찔러다오
편지를 써다오
그리고 이 손을 영원히 삼켜라

3

흑인의 손바닥은 하얗고 손등은 까맣다
흑인의 이는 하얗고 얼굴은 까맣다
손으로 잡을 수 없는 것은 까만 밤과
그리고 무엇인가
얼굴은 무엇을 먹는가
악수를 할 때 입을 맞출 때
어둠과 빛이 나누어 갖는
무채색에는 없는 것

말

나는 조용히 손을 전개해보기로 한다
주먹이 열리고 손바닥이 열린다
손바닥의 손금들이 신기하구나
손가락은 다섯 개, 마디마다 주름들
너무 깊이 쥐고 있어 넝마가 된
지문이 사라지진 않겠지만
손바닥을 조금 더 벌리면
어떤 손금은 손등까지 번져가
실강을 이루고, 때로는 한 바퀴로 이어져
희미한 지평선에 되돌아 멈춘다
나는 그곳에서 왔지, 네가 가장 먼 곳으로부터
나의 가장 안 보이는 절벽까지
이 펼친 고요를 평야로 나누어 가진
잡을 수 없는 손이 가능하다면
이전의 자국을 따르지 않도록
초원과 신기루를 포개어 다시 닫아보기로 해
손바닥이 발이 되고 주먹이 복사뼈가 될 때까지
한두 개의 발가락이 서로 붙어 발굽이 되고
손목은 빛나는 종아리처럼 아름답다
낯설게 꺾인 무릎이 만든 조그만 상자
안에는 조심스레 공기가 머물고
뚝뚝 듣는 땀으로 파인 그림자엔 체온이 차올라
낡은 신발을 벗어야지, 주름 서툰 꽃을 접어

입에 물고 너에게 주어야지
나의 시작되는 모습, 고삐를 건 갓 찍힌 입술을 향해
내딛는 보폭은 평행에 임계로 모이고
서서히 빨라지는 침묵이 얼굴을 푼 채
어깨를 지나 흐린 전율로 사라지는 속도의,
이것은 새로운 운명
뒤를 돌아본다면 육체가 되어 나오지 않는 소리로
남겨진 너는 점선으로 불어오는 바람의 틈 간에 서 있고
손살을 뛰어넘어 신음과 환호처럼 달려나가는
가벼운 윤곽의 내가 어느새 멀어져
지치지 않는 땅에서 시작한 이것은
나의 가장 오래된 재갈과 질병
나의 가장 부단한 엎드림과 인사

유전 법칙

아버지는 내게 빌려간 사만 삼천 원을
오만 원으로 갚아준다
그래서 나는 아버지에게 만 원을 되돌려주고
아버지는 내게 오천 원을 다시 주고
나는 아버지에게 삼천 원을 내준다

우리는 조금씩 더 관대하게
너무 산술적이지 않도록
쌍방에게 모른 척을 해준다
에누리 없이 다가가
손 없이 건네는 잔돈들로
언젠가는 이 놀이가 지겨워지겠지
더 작은 것으로 나뉘지 않는
당연하고 지루한 사칙연산으로
지난날의 총합들이 우리를 계산해준다면
평균이 영일 때
우리는 겹쳐 있을까
아예 몰랐던 사이보다 멀어져 있을까

아버지는 영이 될 수 없는 분모
나는 그 위에 올라선다
아버지가 커지면 전체가 작아지고
내가 커지면 흔들거리는 생활 속에서

최대 최소의 공약수와 공배수를 따져가며
나이를 먹는 동안
우리는 닮고 닮은 각자의 수식들을
피부로 만든 연습장에 기록하고 쪽수를 넘겨왔다

서로가 약분되어
더 작은 것을 가지지 못할 때
내게 아이가 생기겠지
아버지와 아이 사이가 한없는 점들로 이어지는
하나의 선분을 긋고
나는 아버지에게서 내려온다
그리고 영 될 수 없는 부모가 된다

아버지는 이제 허리가 휘고
흔적뿐인 분자가 비어
값은 거의 영에 가깝다
아버지에게 아이를 업히면
연약한 체중에도 휘청한다
아이는 계속 자랄 것이고
무용해진 지폐를 찢듯
얇고 가벼운 몸의 몫을 거스르며
삶도 나머지를 살아가게 된다

열 명의 인물이 모여
다른 한 위인의 동일한 가치가 되는
그런 수학은 잘해본 적 없지만
아이 열을 합해선 왜 한 아버지가 될 수 없는지
유일한 아이로 자라나더라도
어째서 아버지 열 명은 가질 수 없는지

내가 정말 태어나려 하고 있었다

촛불

겨울 목전
거대한 집회 언저리
비좁은 간이화장실 칸
변기에 쭈그리고 앉자
익명의 온기가 남아 있다
미세한 악취도 함께 있다
바깥 줄은 길다
내가 잠시 혼자가 되어
힘을 주고
그 힘의 일부를 버리는 동안
그들도 기다리고 있을 것이다
이다음 또 다음
잠긴 문을 열어
다시 밖으로 나간다면
머리 위로 내려앉는 첫눈처럼
우리도 서로를 향해 어깨를 기울인 채
키 낮은 눈매로 뭉개지면서도
둥글게 만 손바닥에 닿아
녹을 듯 이어지며 끊임없이 타오르는
뜨겁고 흔들리는 빛이 될 수 있을까

맞춤법

네가, 를 니가, 로 부르지 않고
내가, 로 말해주는 사람을 좋아해
나와 구별되지 않으려는 너에게
춤을 청하기 위해 다가갑니다.
손을 맞잡는다면 수줍겠지요.
마주보고 선 발을 밟을까 두렵겠지만
우리를 발음으로 판명하지 않아도
각자를 모양으로 규정하지 않아도
서로를 문맥으로 이해할 수 있다면
고개를 끄덕이고 미소를 지으며
한 발 한 발 신중히 걸음을 뭉쳐요.
심장은 박자를 타고
땀방울이 미끄러지기 시작하겠죠.
그러다 몸이 마음에 섞여
방금 나라고 하지 않았어?
너라고 하지 않았어? 궁금해하지 않아도 되는
거울 앞의 연습생처럼 두려움 없이
내가 행간을 크게 내디뎌 뛰어오르려 할 때
너를 주어로 부르는 일은
사투리 같은 이유와 몸짓이지만
긍정에 대한 서투름을 서두르지 않도록
내가 사랑해도 좋겠습니까? 물으면
한참을 머물다 얼굴을 들며

네, 라고 문장을 고쳐주는 사람이 좋겠습니다.

어떤 음악을 좋아하세요
침묵이라도 괜찮은가요
우리는 조금 더 가까이
하나로 나뉘지 않는 둘처럼
몰라도 상관없지만
틀리기 쉬운 춤을 익혀요.

만유인력

버스 창틀에 먼지인가 했는데 거미다
안내 방송은 정류장마다
어디까지 가니 내릴 수는 있겠니
모퉁이를 돌자 손잡이가 기울어지고
질량을 가진 것들 사선이 되어
골똘히 어긋난 노선을 생각하는데
어깨에 골반을 기대오는 수줍은 것들이
두시 방향 가속도가 되었다 제자리로 돌아오는 시간

문득 창틀이 비어 있다
거미인 줄 알았는데 먼지였구나
흔들리는 인간은 손잡이를 잡고
거미는 줄을 엮어 투명을 감추고
먼지는 질량을 가졌지만 자주 공중에 뜬다
우리에겐 아직 지나친 정류장이 남았으므로
여기 함께 있는 힘
자기 이외의 물질을 포기하지 못하는 이유를
만유인력이라고 해

벨을 누른다면 수십 개의 붉은 태양이
떠올라 이곳의 궤도를 알려주겠지만
버스는 내가 진짜 원하는 곳으로
나를 데려다준 적이 없다

걸음을 옮기지 않아도 닿을 수 있는
눈을 떠도 불편하지 않은 물속 같은
무중력이란 불가능한 걸까

달리는 중인데도 갇힌 게 분명한
버스 안에서
창에 비친 햇살이
나인가 했는데
반짝
침이 고이고
가장 먼 곳을 가리키며
나와 둘로 나뉘지 않는
그림자가 일어선다

성급한 브레이크의 관성이
그쪽이 아닌 방향을 향해
떠오르는 우리를 은근히 밀어 멈추면
보이지 않는 실에 걸린 진공의 밖에서
문이 열리고
겸손한 물성으로 내려앉은
먼지보다 작은 퇴적들이
어떠한 그물에도 들키지 않은 채
버스에 올라타는 곳으로부터

나는 어디서든 내릴 수 있다
당장 누군가와 함께
혹은 혼자서라도
종점을 지나 영원히 갈 수 있고
눈을 감아
잠들 수가 없을 땐
꿈꿀 수 있다

녹조

방을 찾아갔을 때 너는 몸져누워 있었다.
두꺼운 이불을 덮고 기울어진 머리만 밖으로 내밀어
부유하는 베개를 벤 너는 땀을 많이 흘리고 있었다.
숨쉬는 걸 어려워하고 있었다.

표정 없이 뜬 눈을 깜박이지 않고
소리나지 않는 혼잣말을 중얼거리며
네가 발로 차 걷어내려 하는 이불은
더럽고 푸른 보풀로 가득하다.

하지만 체온을 가려주지 않는다면
너는 피부가 말라 죽을 것이다.
나는 이불의 거품들을 떼어내고 보를 계속 갈아주지만
이곳은 먼지와 이끼와 잔존물로 부풀어오른다.

시간이 고여 썩어가는 너의 방에서 우리는 흠뻑 젖는다.
미끈대는 발에 물든 색깔로 떠오르는 네 몸을 누른 채
밖을 향해 닫힌 문을 첨벙첨벙 두드리며
나는 너의 안부를 묻고 있다.

심장

내 마주잡은 두 손에는
차갑고 어린 청개구리 한 마리가 있다.
그는 좁은 손바닥에서 톡톡 튀어올라 나를 두드린다.
서툰 어둠을 입술로 부딪혀 문을 열어달라고 속삭이지만
나는 가둔 손을 감추고 누구에게도 안을 보여주지 않는다.
열망하는 자세로 이외의 것들을 가지지 않으며
내게로 돌아드는 열등한 찬피를 들키지 않고서
나와 청개구리만으로 가득한 푸른 방을 떠나지 않는다.

비가 오는 날이면 나는 소중히 손을 펼쳐
청개구리를 꺼내고 방안에 내려놓는다.
그는 퇴색되지 않은 쪽빛과 얕은 연두의 살결을 띠고
멀리 뻗은 건장한 다리와 피톨같이 섬세한 발자국으로
물기 맺힌 닫힌 창에 올라 밖을 바라본다.
그는 유리의 바깥에 묻은 빗방울들을 건드려보지만
곧 닿을 수 없다는 걸 이해하듯
명낭을 부풀리고 짧게 흐느끼며
비를 부르다 바닥으로 내려와 고개를 숙인다.
나는 약한 등뼈와 무늬를 따라 어깨와 머리를 쓰다듬고
다시 손바닥 위에 포개어 체온을 덮어준다.
피부가 마르지 않도록
저 멀리 화려하고 빠르게 지나가는
밝고 붉은 순환에 오염되지 않도록

칠흑으로 눈을 가려준다.

그러면 고요히 호흡하는
투명한 청개구리의 뒤척임이 만져진다.
그것은 가벼운 빗소리에도 녹아 의미를 잃어가는
희박하고 깨끗한 밤거리로부터 이곳까지의
터지고 왜곡된 불빛을 지켜보듯 부드러운 일이지만
벽을 타고 내리는 비와 유속이 안으로 듣는 동안
서서히 잠들어가며 사려 깊은 촛불처럼 떨고 있는 그를
꺼지지 않게 손으로 감싸줄 수 있을 뿐
나는 손등에 귀를 대고 숨을 멈춘 채
알 수 없는 것들이 섞여 고인 구석의 박자들을 아끼며
다른 좋은 것은 원하지 않는 불구가 된다.

그가 땀 맺힌 손금을 따라 이마를 기대어올 때엔
거짓말인 척 창을 열어 조금 울고 싶어지지만
눈물을 흘리지는 않는다.
부풀어오른 두 손의 빈자리를 쥐고 놓아주지 않는
내가 대신 꾸는 타인의 악몽처럼 갇힌 방에서
이젠 거의 사라진 꼬리를 숨기고
좀처럼 깨어날 수 없는 꿈의 틈새로
몸 뒤집은 채 경련하는 그의 잠을 지키며
나는 흔들리는 손을 참는다.

다시 청개구리가 차오르길 기다리는 좁은 안쪽으로부터
더듬대는 울림이 빗줄기 사이로 혈관을 타고 흐르면
탁하고 헝클어진 피로 그의 목과 껍질을 축이면서도
우리는 빗물이 새지 않게 눈을 감아
서로 먼저 말하지 않는 비밀처럼
웅크려 이 밤을 다하게 된다.

이따금 나는 삶을 확인하기 위해
손안으로 번지는 파문들에 귀기울이곤 한다.
멀리 갔다 되돌아오는 연한 것들의 틀림없는 규칙을 잊고
언젠가 방을 나가 발 돋우며 추게 될 흠뻑 젖은 춤과
크고 높게 부르는 인식의 노래와
활짝 펼친 손에 스미는 맑은 손톱 그리고
물갈퀴 사이로 빠져나가는
시리도록 아름다운 나날들을 살피면서
나의 작고 파란 생물을 궁금해한다.

그림자와 군중

우리는 자주 일그러진다.
반대 방향에서부터 일어서지 않고
비추지 않는 뒷모습이 되는 것
그러나 우리는 없었던 적이 없다.
가장 밝은 빛 속에서조차
윤곽만으로 가운데를 새까맣게 비우며
차별되는 경계 없이 뭉개진 채
우리는 거대하지만 각자의 합계보다 작다.
우리는 진실하지만 전부를 보여주지 않는다.
우리는 위험하지 않아도 중력보다 힘이 세고
땅에서 벗어나지 않으면서
그 위에 상처도 자국도 남기지 않는
유령이 되어 우리와 함께 있지 않은 것은 가짜이며
우리를 모른 척하는 이들은 이미 죽은 자이다.
그들은 우리를 어둠이라 부른다.
그들은 우리를 암시라 부른다.
우리는 아무 말도 안 한다.

햇살

창을 열지 않았는데
찌그러진 블라인드 틈새로
한 조각의 작은 새가 들어와
손을 대보면
그 위에 앉는다.
손바닥에 꼭 맞는 거울처럼 따스해
주먹을 쥐어도 닫히지 않는
나를 통과하지 못하는 새가
잡히지 않아서
손목을 돌리면 손등에 와 있다.
새는 거기서 고요히
가슴을 조금 일렁이고
날개를 살짝 뒤척이는 것만으로
내 손을 환히 비춘다.
살빛에 녹아 반들거리는
내가 보일지
손톱이 껍질처럼 투명해
새는 무게 없이 유혹하는 동작으로
어깨 위로도 볼과 발등 위로도 건너와
바람 불지 않아도 아무 자국 없이도
꽁지의 잔 먼지와 거스러미 들을 흩날리게 하거나
어느새 깃털 색을 바꾸고 부리를 일그러뜨리며
나의 체온에서 오랫동안 열중하고 있는다.

그것이 오늘 오후
할 일의 전부인 듯
여기서 알을 낳을까?

그러나 새는 날아갈 것이다.
빈손을 펼쳐 저무는 하늘 쪽으로 블라인드를 걷고
눈 찌푸리지 않아도 슬픈 너머를 바라보게 된다면
그림자가 나보다 길어진 곳이
가지 잘린 나무처럼 멀고

나는 이 새가 노래할 때까지 기다리리라.
어둠을 지나 아침이 올 때까지
창을 열어
소리를 들으리라.

가까이 더 가까이

장례식장 화장실
소변기에 하얗게 변색하는 스티커 파리가 붙어 있다
오줌을 눌 때 변기 안에 껌 같은 게 있으면
오줌 줄기를 거기에 맞추려는 남자들의 경향을
그도 따른다

절벽 앞에 이른 성자들처럼
어둠으로 정장을 한 사내들이 두 손 모아
줄지어 서 있는 이곳
아무도 말하지 않는데 자꾸만
떨어져내리는 소리가 들리고
뚝뚝 끊기는 기척에도
낮은 바닥을 적시는 울림이 있어
그는 뒷등을 떨며 고개를 숙인 채
집중하고 있다
아래에 있는 저 흐린 것을
지우려 애쓰고 있다

오래 참으면 눈물이 오줌처럼 노래질까
오줌을 눈물만큼 끝까지 삼킬 수는 없는 걸까
남자가 흘리지 말아야 할 것은
눈물만이 아니라는
화장실의 금언을

그는 실패한다
누런 거품들의 누수
사람들은 사진 속에서
토기처럼 깨져 있거나 발굴되지 않아서
액자를 쓰다듬을 수 없는데
그 안에서 작고 반짝이는 무언가를 보았다

한 걸음만 더 앞으로
그곳의 규칙을 따라
백골빛 열린 관으로 들어가기 위하여
그는 엉거주춤 어깨를 웅크리고
바지를 내린다
꺾인 총을 들고 전진한다
세례와 영생에 관한
미지근한 물이 담긴 몸을 끌며
없는 자들을 향해
조금 더 간다

남자는 사진 속으로
단 한 점의 동심원도 흘리지 못한다
모든 것이 사라진 후
지린 역할들의 냄새

식은 체온 고인 웅덩이 위로
파리가 다시 나타난다

2부

적상추

삼촌이 술을 마시고 숙모와 한방에 든 후
숙모의 비명은 두 종류
하나는 숙모의 온몸을 가지색 조명으로 물들이고
또 하나는 숙모의 이마를 벌건 땀으로 적신다.

구름 낀 햇살 아래 오늘의 날씨는
그녀의 얼굴에 아름다운 보랏빛을 드리운다.
무슨 일인지 묻지 않아도
그녀가 마당을 향해 맥없이 버리는
무색의 시선을 아무도 줍지 않는다.
고개 숙인 어둔 불빛 밑으로 흔들리는 정육처럼

티브이 속에서 허벅지를 드러내는 씨스타의 춤을
네 살 된 사촌이 따라 추고 있다. 그것을 보며
숙모는 터진 토마토 같은 입술로 웃는다.
열두 평 남짓의 계절
푸른 푸성귀에 떨어진 핏방울처럼
아직도 감기엔 소주에 고춧가루를 타 먹어야 한다고 믿는
숙모를 여기 머물게 하는 힘
앉은뱅이 부루스타의 손잡이를 돌려도
툭툭툭툭 불꽃이 튀어오르지 않는다.

숙모가 할 수 있는 구역질은 두 가지

구타에 배를 움켜쥐고 녹색 즙을 토해내는
미지근한 울음과
공복에도 신맛 도는 입을 꽉 막고
짐승의 멱따는 소리를 참는 메마른 입덧

고기 먹지 않을래?
흐리고 습한 공기에도 아랑곳없이
숙모는 등급 도장 찍힌 돼지의 살점 같은 피부를 가리며
정육점에 다녀오기로 한다.
머리카락 몇 올이 그녀의 입 새에 끼어 있어도
그녀는 상관하지 않는다.
신발을 신으려 그녀가 가슴을 숙일 때
나는 뼈와 살로 이루어진
살핏하고 부드러운 경계의 지평에 닿고 싶어진다.
그러나 그녀는 아무것도 의식하지 않는다.
무심히 벌어진 민소매 겨드랑 사이로
자꾸만 눈길이 고이고
나는 검게 썩은 고랑에서 자라는 종자들은
쳐버려야 한다고 생각하지만

부어오른 허리를 부여잡고 언덕을 내려가는
숙모의 뒷모습을 바라보다가
나는, 오는 길에 가스도 사와, 소리치며

근친상간처럼 품종끼리 뭉쳐 돋아나는
텃밭에 쭈그려 앉는다.

방을 나온 사촌이 지진하고 앳된 발기척으로 다가와
내 웅크린 등에 기댄다.
이 새끼, 이 병신 새끼, 다그쳐 쫓아내려 하지만
아무리 솎아도 지칠 줄 모르는 잡초처럼 어깨를 감는다.
그러자 맞닿은 곳이 따뜻해진다.
몸 전체로 내 뒤를 껴안고서
뿌리를 타고 올라와 가르랑거리는
진흙의 숨소리가 전해져온다.

나의 귀와 숙모의 눈을 닮은 아이에게
똥 더미에서조차 싹을 터뜨리는
헐겁고 흥건한 풀들의 이름을 가르쳐주기로 한다.
무엇을 뽑고 무엇을 길러야 하는지
무엇을 죽이고 무엇을 먹어야 하는지를
그리고 엄마가 돌아오면 쌈을 싸 먹자,
아이가 흙으로 덮인 씨앗 같은 동공을 열고 나를 볼 때
엄마랑 아빠 중에 누가 더 좋으니?
물어본다.

그늘이 짙어지는 하늘과 이웃고

시퍼런 멍자국 번진 잎사귀 위로 툭툭
떨어져내리는 비

물수제비

한때 날개를 가지고 노래하던 돌들이 여기에 있었다.
돌들은 표정 없이 눈매가 밝았고 모난 부리가 새침했지만
얇고 둥근 어깨를 펼쳐 공중과 나란히 머무는 어둡고 울창한 숲에서
빛처럼 스스로를 던지고 풍덩거리며 놀았다.

거칠고 깊숙한 잎사귀와 그늘로 숨겨진
돌들의 둥지가 높았다.
솜털을 뭉쳐 만든 부력이 가득해
작은 손아귀에도 투박한 손등에도 어울리는 자리였다.

돌들은 거품처럼 부풀어 한껏 터지려는 순간
어느새 뛰어올라 저만치 나아가며 시야를 벗어나곤 했다.
지저귀는 동심원들이 나무에서 나무까지 점묘로 번져간 먼 곳에서
사풋한 폭죽으로 잦아들어 명멸히 공기 속에 스며들었다.

어느 날 술렁임과 웅성거림이 이곳을 찾아왔다.
단절된 파열음이 여러 번 전해지고
크고 건장한 것들이 서서히 기울어
하나둘 쓰러져갔다.

이제 이곳은 출렁이지 않는 메마른 수평선이 되었다.

등걸만 남은 나무들의 골수와 흉터가 너무 오래 사라지지 않고
가지를 박차고 날았던 돌들은 부서진 둥지와 깃털 몇 개를 부려놓은 채
하늘로 가라앉아 다시는 떠오를 줄 모른다.

흩어진 돌들이 부딪히고 낙하하는 소란이 들리지 않는
텅 빈 산란기가 지나간 공터의 바닥에서
굳은 나이를 잊은 테두리가 여전히 지워지지 않는 물결로 멈춰
바람 잦아도 파도치지 않는 수면에는 메아리가 없다.

진창에 덮인 주름진 자국들이
무른 구름에 겹쳐 잠기는 동안
허공은 입다문 귓바퀴처럼
울지를 않는다.

초로

어둠이 찾아오지 않았는데
너는 내 눈을 감겨준다
그리고 내가 한 번도 닿아본 적 없는
꿈에 대한 이야기를 시작한다
내가 모르는 많은 것들이 담긴 꿈속은
너의 침대처럼 익숙하고
이불 같은 훈기로 들려오는 목소리
꿈 없는 잠에 들게 하기 위해
밤이 준비되지 않았는데
좋은 것이 남아 있다고
여기 기대 누워 있어야 한다고
너는 내 얼굴에 손을 얹어
빛을 가려준다

부재 증명

거울 앞에서
속옷보다 나중에 안경을 벗는 습관
안경 쓰지 않은 시력으로는 내가 확인되지 않아
안경 없이 마지막에 남은 것을
나체라 할 수 없는데

보이는 것 이외의 탁한 두께들이 모이는 공간으로부터
근시의 밀도보다 더욱 가까이
나를 관찰하는 조용한 호흡과 눈이 마주치고
소름 돋은 거울이 귀를 먹은 채
완고하게 숨어 있는 알몸의 벽이 될 때

아무리 벌거벗어도 색이 없는
묵음의 껍질들이 흩날리는 불투명한 장막 위로
어둠보다 느리게 삼투되는 그림자의 근사
안경 빼고 내가 바라보는 가장 먼 곳
안경 끼고 내가 외면하는 가장 당연한 것

난파

처음 와본 도시의
비 오는 골목길, 후미진 모퉁이를
우산 없이 거닐다 길을 잃은 곳에서
비스듬히 택배 트럭이 멈춰 서 있다.
짐칸이 열려 있고, 크고 작은
상자들이 도로 위로 쏟아진 채
널브러져 비를 맞아가면서
무슨 일일까, 괜찮은 걸까
허기처럼 안쪽까지 스며드는 부력에
눅눅한 골판지마다 곰팡내가 차올라
아직 가로등 하나 켜지지 않은 동네는
서서히 물속만큼 어두워져가며
트럭의 그림자를, 트럭보다 커다랗게
드리우기 시작한다. 기사는
어디에 있나, 주민들은 무얼 하나
웅덩이에 고이는 둥근 빗방울들이
깜박거리는 익명의 수많은 시선처럼
어떤 공포와 어떤 집중,
고요한 빗소리는 너무 많은 사람들의
숨죽인 숨소리를 좇는다.
나는 두리번거리고
아무도 보이지 않는데
차가운 저녁이 감돈다.

아무도 보고 있지 않아서
송장도 내용물도 확인 안 한
뒤집어진 좁은 상자 하나로
옷섶을 부표처럼 부풀린 후
허우적대며 이 골목을
서둘러 빠져나올 때
조급한 침묵이, 부글거리는
물방울로 덮인 질식을 닮아

나는 실종자처럼 젖어 있다.
나는 생존자처럼 절박하다.

화석

한때 너는 얼굴에서 두 마리 물고기를 키웠다.
부드럽고 아름다운 유선형의 물고기들은
약한 햇살과 서두름 없는 시간에서
진저리치듯 껍질을 깜박거리고
피부를 바닷물로 축이며 빛나곤 했다.

시선 사이를 헤엄쳐
내게로 넘어오고 멀어지던 많은 날들을 지나
너의 기쁨과 미소 속에선 가늘고 날렵해진 몸으로
물결을 가르고 주름을 헤치던 꼬리 끝의
진하고 환한 항적을 나는 사랑하였다.

마주본 물고기들이 영원히 서로에게
가까이 가고 있는 것이 좋았다.
그렇게 너와 나도 다가가는 중이라고
믿을 수 있었다.

새까만 아가미는 내가 스며 보일 듯
투명하고 깊은 숨을 쉬었다.
오래 바라보면 별빛을 닮은 물방울들을 뱉어내며
출렁이고 떨리던 조그만 심장은
오직 나뿐만으로도 가득찬
물 맑은 섬이 되기도 했다.

네가 잠들 땐
뾰족하고 숱 많은 등과 배 지느러미를 닫고서
상처처럼 좁은 틈에 숨어 쉬는 물고기들의
고요한 밤을 떠올릴 수 있었고
어둠 짙은 무인도에 들어가 올려다본 밤하늘은
밝고 빽빽해 외롭지 않았다.

그러나 별자리가 따라 돌고 조석이 바뀌면
나는 너의 물고기들을 더럽히곤 했다.
내 손이 닿은 살엔 오염된 피가 묻어
주변이 탁해져갔고
야위는 물고기들을 네가 달래고 고쳐주어도
예전처럼 힘차게 꼬리치거나
멀리 다녀가던 날들은 점점 사라져갔다.

내게서 건너간 검푸른 녹조류와 상한 물이
물고기들의 핏속에 섞여들어
돌이킬 수 없게 됐을 때
물고기들은 퇴화된 붉은 입술에서
바다를 토해내기 시작했다.
오래도록 그치지 않는 바다와 거품들을
깨끗하고 길게 뱉으며

너는 무너지는 모래톱의 소리로
고개를 숙였고
물고기들은 꼭 감은 너의 지층에 갇혀
긴 시간 동안 나오지를 않았다.

이제 너는 눈을 뜬다.
다시 열린 수평선 안쪽에서
움츠러든 태양은 새까맣게 식었다.
부레를 뒤집은 채 떠오르는 표정 속
삭은 포말에 깎인 절벽은 무디게 바랬고
파도가 넘쳤던 해안엔
하얀 소금이 부서져내린 자국만 남았다.
물고기들은 흐리게 메말라 있다.
아가미는 줄어들고 심장은 가라앉아
더이상 내가 비치지 않는
슬프고 늙은 비늘과 더께로
너는 나를 본다.

모래로 덮인 얼굴을 쓸어내리며
깊어진 균열의 자취를 따라
아직 너를 사랑하고 있다고 외쳐보지만
텅 빈 너의 물고기들은 아무것도 의미하지 않는다.
입을 맞추기 위해 서로를 향하던 물고기들은

지느러미를 멈추었다.
물고기들은 돌이 되었다.

너의 눈은 사람이 살지 않는다.
너는 울지 않는다.

빛을 위한 연마

말할 수 없는 일이
하고 싶은 말보다 더 많은
첨예한 날에는
뭉툭해진 마음처럼
연필을 깎아.

칼날 닿은 건조하고 부드러운 감촉
나무 내음, 나무 톱밥
조각난 시간의 사소한 지저깨비들로부터
메마른 살갗이 손톱을 밀어내듯
두꺼운 바람이 무른 몸에 깊숙이 박히는 게 느껴지고
누군가 곁에서 속삭여준 혁명처럼 사각거리는
흔적 감춘 소리들을 얇게 저민 발성으로 흩뜨려
문신된 음각의 다색 호명들이
차례로 잘려나가 지워지는 동안
말간 뼈에 부딪혀 소란스러운 미열과
폭동 전야의 달무리가 지나가는 숨결에까지
귀를 기울이면 이윽고
그림자를 응축한
심연이 드러나지.

가장 어두운 밤이 가장 멀고 얕은 안쪽에 있어
쪼개진 지층 속 칠흑 벼린 단면은 날카롭게 반짝이고

식은 별들의 잔해가 까맣게 탄 가루로 흩어져
폭발 후 발견되는 낡고 느린 화석들로 풍화한 철필 사이의
뾰족한 중심에서 퇴적된 맑은 흑연색 동공이 열릴 때

힘을 주면 깨지기도 하는, 환한 창에 가까이
빛이 너무 많아 아무것도 볼 수 없는 짙은 날에는
연필로 두 눈을 찌르고
글씨를 써.
흔들리는 나무의 환영과 투명한 분진, 그리고
어둠 묻힌 촉 끝에서 백야로
피와 함께 건너가는 부러진 필체들의 묵음을
눈 없이도 읽어내기 위하여

턴테이블

지구가 검고 평평한 합성수지였을 때
나는 차고 얇은 손으로 그 가벼운 행성을
살며시 들어올리고 뒤집곤 하였다
가운데엔 구멍이 나 있고
길이가 조금씩 다른 여러 개의 지구는
모두가 연약하고 소중하였다

날카롭게 빛나는 채굴기가 언 강을 긁으면
어리고 짙은, 미세한 것들이 돌아갔다
서로에게 평행한 동심원들이 자라나
중력과는 무관한 현기증에
먼지가 피어올라 잠시 보이지 않았고
웅성거림과 술렁임 사이에서
온기가 가라앉자 비어 있었다

방향 없이 쌓이는 울림들의 자취가
까만 강을 건너고
제자리를 맴돌다 굳은 물자국이
덧난 샛길 근처를 스쳐
손 펼친 곳에 닿는 무게 없는 것들로
가만히 눈 내리는 밤
지문 찍힌 살얼음 위를 밟아
갈라진 실금들을 천사의 것이라 믿으면

겨울과 이외의 날들이 녹으려 했다

그때, 떨리고 이끌린
투명과 그림자가 이곳을 다녀갔다
나는 그들을 보고 있었다
소리쳐 부르거나 손 흔들어 보내지 않고
고요히, 고요히
들었다
나는 그들이 지나갈 것임을 알았다
사라지며
점으로 멈추었다 다시 지워짐을 알고 있었다
함성은 기척이 되었다
흔적은 곧 느리게 얼어붙어
혼자 남았다

자전이 한 번 끝나고
손바닥을 쥐었다 펴면
새 손금이 생기는 어둠 속에서
나의 귀가 눈을 떴다

또다른 지구를 원하며
깊어지는 동굴을 따라
더 작고 깨지기 쉬운 속도로

그려보던 벽화

퇴사

가을 모기가 사무실 책상 앞을 왔다갔다한다
날개 소리 가쁘고 흐름은 느려
잡을까 하다가
허세로 휘휘 젓는 바람에도 부대끼며
조금 더 빛이 없는 구석으로 날려가려는 모기에게
이토록 늦어버린 허약한 부양력은 무엇인지 조심스럽다
아직 여기 있다는 것은
자리에 놓고 온 게 남았기 때문일 텐데
손 뻗어 손등을 내주어도 앉지를 못하고
자꾸만 아래로 떨어져내리며
피를 빨지 않는다
배가 고파 하루종일 울다가 선잠이 든 아이처럼
여기가 아닌 곳을 꿈꾸면서
이곳의 시간마저 낭비한 중년처럼
빈 책상을 한번 더 뒤돌아보고
밖으로 날아가게 창을 열어두고 나올까 아니다
좀더 따스한 쪽에 머무는 게 나으리라 싶다가
닫힌 유리에 비친 자신으로부터 창가에 서서
선뜻 발길을 옮기지 못한다

탁란

혼자 있는 방에서 옷을 풀어헤치고 나체가 되면
아무도 없는데 무언가 지켜보고 있다는 기분
남의 둥지에 몰래 다녀간 뻐꾸기처럼
햇살이 원해 누군가 노란 알을 낳은 것 같다.

무르고 맑고 용서처럼 생긴 내가
깃털 없이 기낭도 꼬리도 없이 타인으로 서 있고
닮지 않은 어미를 위해 벌거벗은 몸으로
다시 태어난 것 같다.

푸르스름한 공기에 먼지가 비친다.
나보다 작은 것들에게 관심을 받으며
혼자서 있는데도 이렇게 무섭다.

검은 털로 덮인 둥지에는 형제들의 냄새가 가득하고
울창한 수풀에 가려진 빛 속에서
아직은 내가 누구의 아이인지 알 수 없는 일

체온 아래 숨어 있는 가슴이 톡톡 부리를 차고 오르며
곁에 있는 알들을 밀어내라, 난생의 설화를 깨뜨려라
속삭여준다.

증발할 듯 눈부시게

나는 거울을 본다.
웅덩이에 뜬 폐유처럼 새벽은 빛깔이 아름답고
정각을 알리는 괘종이 칠 때

피부에는 새살이 돋아나기 시작해
부푼 대기와 구름으로 가벼워진 방에서
추처럼 흔들리는 날들이 지나감을 알게 되는
착란의 성징

앙상한 가지들에 겹쳐진 흉곽을 열고
계절의 고장난 톱니가 가리키는
심장 속 살얼은 껍질로부터
나는 내가 부끄러워
목놓아 우는 법을 배우고

울면, 나는 자라날 것 같다.
남들과는 다른 날개 같은 것이
내게도 있는 것 같다.

아름다운 어항

숙모가 가져온 네모난 어항 속
세 마리 금붕어
유리벽을 건드리면 화들짝
몸을 뒤트는 것이 좋았다
쾅쾅 세게 때려도
유리는 깨지지 않았고
금붕어는 아무것도 모르면서
눈 깜박이지 않은 채 고개를
돌릴 수 있다는 게 좋았다

나는 밖으로 나가지는 않는다
지느러미를 펼치고 바닥에 누우면
서서히 몸을 일으켜 세워주는 수심
할말이 있는 것 같지만
그 어떤 소리조차 들리지 않는 선명함과
햇살이 비추어도 미간을 찌푸리지 않는
이곳과는 상관없는 형형색색의 유선형을 뽐내며
누군가 똑똑 창을 두드리는 기척에도
내가 더 멀리 나가보지 않을 때

삼촌이 치는 것도
투명한 유리일 뿐이고
나는 놀라지 않는

눈물을 흘리지 않는
금붕어이다
툭 튀어나온 눈, 쉬지 않고
우물대는 입술과 모난 이마의
무슨 일에도 웃는 얼굴로
퉁퉁 부은 거울에 비친
나는 여러 마리 금붕어이다

물위로 떠오른 금붕어를 건져내
변기에 넣고 내리면
어지러운 색들이 빙글빙글 돌아
섞이고 사라지던 황홀한 나날들
텅 빈 표정 안으로 굴절되는 빛을 피해
귀를 막고 코를 쥐고 입을 벌리면
외침으로 만든 거품들이 끓어올라
왜곡된 투명이 거울처럼 가득찬 집으로부터
숙모를 기다리는 부력만으로도
황금의 물결 새를 헤엄쳐
흘러가기 위하여
곤두선 비늘과 꼬리를 흔들며
숨을 쉬면 혼잣말로 벌어지던 물빛, 그리고
얼룩진 피부에 어린 수면 아래
웃자란 아가미의 시절들

뱀파이어

우리는 해가 진 후에 만난다
도수 높은 안경을 끼고 나타난 그는
햇볕을 많이 보지 못한 환자처럼
피부가 맑고 엷다

어눌한 그림자가 반사된 렌즈 뒤에서
눈동자는 보이지 않고
두꺼운 알의 굴절률에 비스듬히 외면한 각도로
움푹해진 눈가가 어긋나 있다

우리는 서로의 안경을 건네받는다
갈라지고 왜곡된 세상을 간직하기 위하여
안경을 바꿔 쓰며
시력을 비교해보는 비밀과 인사

누가 더 오래전부터
흐리고 불확실한 어둠에 묻혀 살아왔는지
비열하고 불행한 시절 동안
누가 더 나쁘게 살아남았는지를
불순한 근시 같은 표정으로
각자의 고독과 공포에 대해 이야기할 때

안경 벗은 그의 얼굴은 창백하고

눈이 부셔 가늘어진 눈매와
콧잔등에 분명한
두 개의 붉고 무딘 송곳니 자국을
알아보게 된다

밝고 해로운 빛에 노출되어
고개를 바로 들지 못하는 어른거림으로
표백된 세계의 잔상들이 허약한 망막에 번져
푸르고 노란 진균처럼 어설픈 것들을
아름답게 터트려 죽여주지만

그와 똑같은 시력을 가질 수 있다면
깜깜한 동굴 안에 숨어
책처럼 여닫히는 은밀에 갇힌 채
영원히 사는 운명이 나를 눈멀게 한다면
나는 기꺼이 그의 안경을 끼고
감염된 피에 중독된 시선으로
칠흑 속을 살아가고 싶다

태양을 피하는 뿌리들처럼
선글라스를 끼고 백야와
검은 활자 사이를 헤매는 박쥐들처럼
얼굴 가린 표정을 깨물어

진하고 거짓 없는 밤이
나를 데려가준다면

나는 열등한 눈을 깨트리고
어디서든 보름달이 뜨는 세계에서
낡은 시력을 잃을 것이다

스누즈 알람

자정으로부터 줄곧 미친
개 한 마리가 따라온다
짖어대는 소리에 쫓겨
오른 나무의 가장 높은
가지에 목을 매달고 새벽
나는 까뒤집힌 눈을 뜬다

기타

나는 손에서 작은 새 한 마리를 키운다
그리고 구멍 뚫린 가볍고 연약한 나무 한 그루를 지닌다

입에서 손톱이 돋는 새를 위하여
나는 새의 입술을 부드럽게 갈아준다
깃털들을 한 방향으로 빗어넘기고
날개가 구겨지지 않도록 손바닥을 활짝 펴
바람과 손금을 가늠해보기도 한다

지문이 나무에게로 건너가
구멍의 입구를 스치는 가지에 머물 때
새는 어둠을 향해 조금 운다
흔들리는 음계가 내부를 돌아 되짚어나가면
몸안이 부풀 듯 텅 비고 무게 없는 것들로 가득차
야윈 떨림에도 나무는 꽃잎을 잃고 낙엽을 지운다

새의 부리가 자라고 깃털이 보풀 지는 동안
나는 늙은 손과 갈라진 손톱들을 오래 바라보고 있는다
못 박힌 손끝으로 새를 쓰다듬으면 덧난 살이 만져지고
허공과 공명하지 않는 날갯짓에
어디로도 가리키지 않는 손가락의 마디들이 식어
조용히 잠드는 새의 조율되지 않은 꿈속에서
나무는 마른 잎맥들을 떨구고 얇은 틈을 가리지 못한 채

내 곁에 누워 녹슬어간다

새벽이 오면 새는 부르튼 입술에서
굳은살을 떼어내고 혀와 부리를 고른다
헝클어진 잔가지가 부러지는 소리에도 메마른 울림이 긁혀
새는 자신 없이 지저귀거나 음정 틀린 노래를 부르며
구멍 앞에서 숨을 듯 망설인다

찾아오는 이가 없어
둥지 짓지 못하는 나무를 떠날 때
아무도 잡아주지 않은 손안으로
지친 새가 맡겨오는 흐린 체온과 피로

손목을 끊고 하늘을 본다
전선 위에 앉은 새의 이름을 알고 싶다
날아가기 전에

진경산수

이룰 수 있는 일이 적었던 하루에도
해질녘 노을이 있어
점묘로 촘촘한 자동차 후미등의 퇴근 행렬은
붉은 쪽을 향해 거슬러오른다

온 무릎과 얼굴을 더러운 필세로 먹칠한
노동자들의 저녁 배급소 안은 연무가 피어 흐르고
새빨갛게 매화가 터져 관절 곱은 손등 위로
눈송이처럼 내려앉은 더께와 발진이
여백에 초서로 뭉개진 발문으로 남을 때까지

한 면은 매끄럽고 한 면은 거친
한지 같은 속내를
수없이 뒤집고 수만 번 구겼다 펴며
실패가 천직인 사람들의 시장터도 접혀갈 즈음
끝까지 팔지 못한 채소들엔
허전하게 담채된 난초와 나비의 질감이 없을 리 없고
한 자리가 비면 또 한 자리가 비어가는 노점은
초막 같은 고즈넉함을 숨긴 채

어깨를 움츠린 도시 안에서
삐치고 비껴간 획으로 그은
교차로와 육교를 건너 현수막 아래

우점으로 덮인 어둑한 분수대 곁 광장을 돌아
나무를 밀고 잡초를 밟으며
수많은 소리로 가득한 골목과
키 작은 것들 위로 드리운
웅장한 부벽준 빌딩숲의 안팎을 걸어갈 때
거친 필치로 날아드는 새들을 뒤돌아보지 않고도
발밑에서부터 길어진 그림자의 농담으로
수묵 쳐 지나온 길들을 지우자
여망을 가졌느냐, 누군가 묻는다

나는 핏빛의 낙관을
하늘에 찍는다

까맣게

아버지와 이야기를 하면 좋다
아버지는 이제 향기 나는 홍차도 잘 드시고
치즈가 가득 든 크림빵도 기꺼워하시고
육천 원짜리 단맛 나는 싸구려 포도주도
나와 같이 즐긴다
회사 업무라거나 아버지 어릴 적 한참을 걸었다던 자갈밭
언덕과 바다 풍경 아버지 이십대 삼십대
나 꼬마였을 때의 지나간 오랜 날들이
빛바랜 사진 속에서 얼굴 없이 기화해
햇살과 함께 어렴풋한 어지러움으로 퍼진다
따뜻한 홍차의 아지랑이처럼
텁수룩한 포도주의 취기처럼
인생의 의미가 무엇입니까
나는 진짜로 그렇게 묻고 아버지는
사는 게 그냥 고다 고 하고 대답하신다
죽기 위해 움직이는 장기말처럼
부모는 자식을 위한 부속품에 불과할지 몰라도
누구도 원해서 시작한 게 아닌
이 뻔한 역할놀이와 성긴 포진에서조차
나는 수를 물리지 않고선 아직도 아버지를 이기지 못해서
언제든 낡은 판은 허물고
아버지와 마주앉아 다시금 시작하게 된다
자기 말은 먹을 수 없는 규칙처럼

재갈을 물고 아버지는 내게 막힌 길목들을 버릴 거지만
아버지가 술에 취해 돌아오신 날
내 앞에선 토하지 않겠다며 화장실 문 꼭 닫고 억억거릴 때
뚝뚝 끊어지는 말더듬의 행간으로 버려진
소화되지 못한 단어들로는
평생을 고쳐도 부족하여 결국엔 미완성으로 남을
한 편의 긴 비문처럼
우리의 생애도 열망도 끝없이 수리할 수 있다면
아버지가 영원히 산다면
내가 아버지의 너무 멀리 뒤처진 비유이거나
허술한 특허로 복제된 불완전한 소유물일 동안
각자의 가장 불편한 자유를 다해
먼저 찍힌 흐릿하고 여유로운 발걸음을 지나서
아버지에 관한 이유가 더이상 나 때문은 아닐 때에도
나는 아버지의 치유가 되고 싶다
나는 치유받고 싶다
정확히 똑같았던 신장에서 아버지가 점점 작아져
이제 나는 아버지보다 머리통 하나 정도 키가 크지만
매일매일 짧아지는 연필처럼
매일매일 새로 깎은 연필처럼
금박으로 새겨놓은 이름마저 벗겨지고 잘려나간 뒤
곱슬대는 머리카락으로 흩어진 부스러기들을 털어버리면
그리하여 더는 다듬을 수 없을 만큼 줄어들어

올바로 쥐고 글 쓸 수 없어도
여전히 흑심과 나무 냄새 그리고 아름다운 파란색에
빨강으로 칠해진 처음의 본질을 그대로 지닌 채
앞으로는 부러지지도 만료되지도 않을
내가 가장 사랑하는 시간의
지루해도 절대 고장나지 않는 몽당연필처럼
하얀 변기 뚜껑 위에 앉으신 아버지의 숱 듬성한 백발을
염색약 묻힌 칫솔로 새까맣게 빗겨주며
무뎌진 흑연 같은 뒤통수에 대고 대화를 나누는 순간에는
닳아 투명해진 소용돌이가 또 한번 휘감겨 물결이 일고
뭉클한 호흡과 몽롱한 생각들을 내려보낸
가운데가 텅 빈 그림자에 닿은 외통의 자리와
맑고 깊어 먼 데까지가 다 비치는 동심원에서부터
사각사각 빛나며 지워질 듯 떠오르는 이 어두운 글자들이
우리는 참 좋다

자폐

던지면 앞면만 나오는 동전처럼
너는 웃는다.
모두에게 공평한 확률이 두려워서
장애를 필연에 걸지 않기 위해
나도 되웃어준다.
크고 작은 숫자라도
반대편과 합하면
전부 같은 답이 되는
흔들리는 육각 주사위처럼
모난 마음에도
이유와 공간과 기회가 있을 것이며
혼자는 벽이 아니고
함께는 거울이 아니겠기에
이 미소가 불안일지언정
천 명에 하나로 태어난다는
기댓값으로 유일한 네가
용기를 반짝이게 하였으므로
천 번을 던져야 겨우
한 번쯤 나올 뒤를 확인하기엔
미래는 질병이 아니고
우연에 중독되지 않을 가능성이
기쁨으로 분명하다.

꿈

전화로 누군가의 잠을 깨웠다

꿈꾸는 중이었니?

그랬던 것 같노라고, 조각난 잠의 후미가 무디게 밀려왔다

눅눅한 바닥으로 흐르는 목소리
담기지 못하는 걸 비추려는 액체의 소리
꿈은 혼자서 소유하고 스스로를 빚어가는 그릇이 된다

금간 꿈에 대한 질문은 죄가 될 것이기에
나는 더 많은 말을 한다
쥐지 않아도 바스락거리는
구겨진 희망과는 상관없는 더 많은 말을

나는 수천 번이나
나의 방과 밤을 망쳐왔다는 게
내 꿈의 과오
그러나 그것은 죽음보다 낫고
여전히 꿈 깬 적 없는
내 삶의 기회보다 안전하다

꿈을 꾸는 중이니?

누군가 묻는다

아니,
나는 대답한다, 아직 잠들지 않았어

수원역

사람들이 어디 사냐 물으면
수원역 산다고 말한다
우리집에 놀러와 자고 가라고
친구 많고 골판지와 신문만
있으면 술도 좋고 자리도 남아
최신 유행에 가까운 뜨내기들이
찬 바닥에서 무엇이든 껴안고 잠들고
바람 막을 창도 없어 공평히 누구나
스쳐가는 우리집에 놀러오라고 말한다
나의 엇된 농담에
사람들은 웃지만

역 앞의
노숙자에게서도 아름다움을 본다
그들의 방은 넓고
거대한 지붕 아래 집은
가두는 벽과 문이 없는데
나는 한 번도 거기에 들어가본 적 없이
그들과 똑같은 술을 마시고도
다르게 취해가는 밤
그러나 나는 진정 그들처럼은 되고 싶지 않아
그들에 대해 쓴다

내가 결코 가지지 않은 망설임을
연민이라 부른다
피하고 싶지만 할 수 없는 것을
고통이라 말하고
피해야 하지만 그러지 못해
취하는 쾌락이 지겨움과 한통속
매일 무언가를 잊어가면서도
나만은 저버림받고 싶지 않고
그 어떤 것에도 이름 지우지 않은 채
이해받고 싶어
내 삶이 세상에서 가장 엉망진창일 때조차
나는 광장을 지나쳐 걸으며
종착역의 가장자리보다 더 먼 곳에서 살아왔다

세상을 바꿀 수 없다면
문학을 읽으라는 말을 떠올리면서도
그것으로 위로가 되지 않을 때
지금 내 발아래 벌려진
빈 손바닥에 떨굴 동전 한 닢 가지지 않은
결백하지 못한 기분만으로
나는 함부로 비겁에 대해 말하고 싶다

그럼에도 그들이 아름다울 때

나는 정말인가,
아름다움만으로 가능한 존재의 정당함이 있긴 한가

남들도 다 그렇게 산다고
나 또한 불행하지 않느냐는 생각으로
내 뒤를 용서해가며
나로부터, 과거로부터, 시간으로부터
도망쳐 나온 평균이
훗날 어디에 닿아
나에게로, 과거와, 돌아온 시간에서
나는 이미 답을 다 알고 있을까
그것이 오답이라는 것도
그래서 우쭐하다는 것도
알고 있을까

대합실로 통하지 않는
편재된 계단의 웅크림에 대해
막다른 담벼락 아래서
흥건한 화장실 안에서
술과 또다른 삶과
싸움과 또다른 잠으로의
무관함에 대해

내가 쓰는 것이
가면이 아니라면
내가 쓰지 않을 때의
얼굴은
어떤 표정일까

자전

내 꼬리는 퇴화된 것이 아니라 똥구멍 속으로 들어가 있다. 그것은 입까지 뻗어서 혀가 되었지. 나는 말할 때에도 먹을 때에도 자꾸만 엉덩이부터 춤추고 싶다.

내가 말이 없을 때 배고프지 않을 때 꼬리는 자주 먼 여행을 떠난다. 잠에서 깨면 입안에는 고아 같은 목젖만 남아 있고 꼬리가 없는 자리엔 어둠이 움츠러든 자취. 꽉 다문 잇새에서 씹히는 피

꼬리가 빠져나가며 지구를 당겨 돌려놓으면 목젖과 나는 빈 계절을 목구멍에 집어넣고 부푼 뺨을 지구본에 맞춘다. 지도는 윤곽을 갖춘 채 제 모양과 표정을 지우고 있다. 어디로 가고 싶니. 떨리는 목젖이 가리키는 곳은 지금은 사라지고 없는 자국. 그러다 손가락 짚어 멈춘 곳에서 꼬리의 흔적이 발견된다. 침 묻어 햇살 빛나는 바다가 있고 대륙이 말단처럼 섬들을 버려둔 그곳은 너무 멀어 내가 한 번도 닿아보지 못한 입구. 입가에 아무도 없는 날 나는 하루종일 하늘 보며 사라진 말들을 기다린다. 입 벌리고 비가 내리길 바라는 파리지옥처럼 우리도 언젠간 거기에 가자. 아직은 지팡이를 잃어버린 노인만큼 충분하게 낡아가고 있을지라도. 어쩌면 내일엔 막다른 담벼락 위에 올라 비좁은 벽돌들을 차례차례 디뎌가며 여기서는 보이지 않는 너머를 향해 꼬리가 없이도 펼친 두 팔로 비틀대는 몸의 균형을 맞추어 조금씩

둥글게 태어날 수 있을지 몰라

발음은 목젖의 장래 희망, 어른이 되면 백태가 끼더라도 혀가 되고 싶어서 상처가 나면 흉터가 생기는 바깥을 동경해 작고 몽글어진 꼭지를 움직여 매듭을 만드는 연습, 목젖이 짓는 문장은 이렇다, 내 가장 외딴곳의 기후는 어떠니, 털들이 가득한 피부로 덮인 빙하에선 어떤 꽃들이 자라니, 혼잣말을 하면 군침이 흐르고 꼬리가 꾸는 꿈이 조금씩 새는 곳으로부터 목젖은 자란다,

밤이 되면 닫힌 골목을 비집고 해진 꼬리가 되돌아오는 길들이 심장 근처를 지난다, 내장을 부드럽게 훑어 한몸을 기워낸 것처럼 토해지는 전생, 처진 근육의 살내음, 피로로 스치는 떨림, 낯선 잠꼬대에 묻어나는 그리움, 가까스로 쉬는 숨에 섞인 구린내에도 나는 동정이 잘 된다, 누구에게나 힘든 하루가 있다는 걸 나는 잘 이해한다,

꼬리가 와 잠들면 어린 목젖은 젖는다, 박쥐처럼 현기증을 내는 천장에 매달려 목젖은 노곤한 꼬리 위에 희미한 불을 밝혀주겠지, 여기서는 모두가 정다운 친구가 되니까, 이빨도 박살나는 돼지들도 채마밭과 어두운 골목의 쓰레기들도 이 좁고 투박한 동굴에선 녹을 듯한 맛이 되니까

꼬리가 입안에 머물러 있을 때 겨울도 아닌데 입에서 입김이 피어오른다. 의아해하는 사람들에게, 이건 털일 뿐이야. 거칠고 날카롭지만 아무도 해치지 않아. 말해보아도 그들은 악취를 맡은 듯 불쾌한 모습으로 모두 떠난다. 나도 남들처럼 무르고 매끈한 혀를 가졌다면, 하고 꼬리를 원망해

꼬리를 감출 때도 있다. 입술을 오므리고 희미하게 웃으며 입을 자주 가린다. 화가 난 꼬리는 똥구멍을 빠져나와 바짓단 아래에 고이거나 구멍난 양말로 얼굴을 들이밀기도 한다. 오줌을 지린 것도 발가락이 여섯 개인 것도 아닌데 나는 불편한 의자에 앉아 거세게 들썩이는 엉덩이를 똥을 참듯 꾹 눌러야 한다. 다문 입술에는 누진 털이 달라붙어 있다. 숨긴 것이 있는 고양이처럼 놀란 발톱이 돋아 칠판이라도 긁어야 할 것 같은 냄새를 모른 척해보아도 수업 시간 몰래 꺼내진 순한 도시락 같은 하얀 빙점. 허기와 습기. 함부로 서는 욕망에도 진짜 겨울이 다가와

스크류 달린 잠수함이 안으로 전진하는 감정이 생긴다. 미뢰에 눈을 단 잠망경이 항문의 신변을 보장하는 관찰을 멈추지 않는 맛. 꼬리 끝에 난 털들이 꼬이거나 증발하는 온도와 지진계로 그리는 파도가 밖으로 치는 말. 네가 미워하지 않기를, 하고 등뒤에 적어보는 손가락 글자. 혼자만의 포옹. 어지러이 내가 점점 더 길어지는 슬픔

토라진 꼬리가 또 한번 나를 긁으며 도망쳐 나가면 나는 적막한 육지로 남는다. 목젖이 대신 꼬마전구를 켜 아직은 말이 아닌 빛으로 가사 없는 노래를 밝히면, 나는 입을 열고 반딧불이 된다. 우리가 높고 깊은 가로등과 등대로 서서 그 등불에 모여 주위를 맴도는 벌레들의 모든 궤도를 지켜줄 수 있는 체온이 될 수 있을까. 언젠간 목젖에게도 지구보다 더 묵은 밤과 봄과 세계와 범례를 보여주고 싶지만

나는 알고 있다. 꼬리는 내내 허공을 웅얼거리기만 하였다는 것을. 정수리 위만 빙빙 헤매다 아무것도 떠올리지 못한 채 쓰러지기 직전이 되어서야 스스로의 최외곽을 향하는 각도로 기울어져 더욱 화려하게 휘청이며 제 끝을 돌리고 달구는 팽이의 궤적으로 뭉개진 피곤한 머리를 땅바닥에 처박혀 질질 끌려오기도 한다는 것을. 나는 지쳐 돌아온 꼬리를 위로한다. 자고 나면 잊힐 거야. 다음엔 더 길게 가보기로 하자. 이마에 새하얗게 얼어붙은 눈송이를 털어주며 꼬리의 꿈을 돕는다. 맨홀과 침묵으로 지은 집처럼 올이 굵은 스웨터처럼 나는 입을 다물고 꼬리를 몸속에 감싸며 차가운 바람을 위한 목도리를 짜듯 창자를 조여서 빳빳이 언 길목들을 안아 녹여줄 것이다. 나의 안과 나의 밖에서 오늘밤에도 이다음의 밤에도 별이 될 듯 겨우 보이지 않을 만큼 떨어진 거리에서부터 흔들리며 반짝이는

그날의 꼬리가 내게는 있다. 세상의 모든 것을 보고 전부를 말할 수 있는, 그를 위해 나는 매일 맛있는 걸 찾는다. 이야기가 끝나지 않도록 자존심이 꺾이지 않도록, 물을 마시고 양치를 하며 오래도록 거짓말을 사랑하게 된다.

암석으로 된 육체를 가장 빠르게 관통하는 철로를 따라 나는 흘러가야 한다. 목을 벌리면 그 안에 숨겨진 분화구가 열리고 끝에서 끝까지 구불구불한 관을 타고 벌겋게 달아오르며 끓어넘치는 이름이 담긴 입매와 미소로, 윤회하는 여러 가지 행성들처럼 진화하는 강물의 유속과 곡선처럼 무한히 유려하고 따스한 동작들을 헤치며, 유일할 정도로 희박하게 비쳐 휘어지는 광선을 품은 매질 혹은 매물이 되어

나는 춤춰야 한다.

채길우 2013년 『실천문학』을 통해 등단했다.

문학동네시인선 137
매듭법

초판 인쇄 2020년 6월 1일
초판 발행 2020년 6월 10일

지은이 | 채길우
펴낸이 | 염현숙
책임편집 | 김민정
편집 | 유성원 김필균 김동휘 송원경
디자인 | 수류산방(樹流山房) 본문 디자인 | 유현아
마케팅 | 정민호 박보람 우상욱 안남영
홍보 | 김희숙 김상만 지문희 우상희 김현지
제작 | 강신은 김동욱 임현식
제작처 | 영신사

펴낸곳 | (주)문학동네
출판등록 | 1993년 10월 22일 제406-2003-000045호
주소 | 10881 경기도 파주시 회동길 210
전자우편 | editor@munhak.com
대표전화 | 031) 955-8888 팩스 | 031) 955-8855
문의전화 | 031) 955-3576(마케팅), 031) 955-8865(편집)
문학동네카페 | http://cafe.naver.com/mhdn
북클럽문학동네 | http://bookclubmunhak.com

ISBN 978-89-546-7174-3 03810

* 이 도서의 국립중앙도서관 출판예정도서목록(CIP)은 서지정보유통지원시스템 홈페이지(http://seoji.nl.go.kr)와 국가자료종합목록 구축시스템(http://kolis-net.nl.go.kr)에서 이용하실 수 있습니다. (CIP 제어번호 : CIP2020016424)
* 이 책은 서울문화재단 '2016년 첫 책 발간 지원사업'의 지원을 받아 발간되었습니다.

잘못된 책은 구입하신 서점에서 교환해드립니다.
기타 교환 문의: 031) 955-2661, 3580

www.munhak.com

문학동네